마음의 꼬리

황금알 시인선 202

마음의 꼬리

초판발행일 | 2019년 8월 29일

지은이 | 강태구
펴낸곳 | 도서출판 황금알
펴낸이 | 金永馥
선정위원 | 김영승 · 마종기 · 유안진 · 이수익
주간 | 김영탁
편집실장 | 조경숙
표지디자인 | 칼라박스
주소 | 03088 서울시 종로구 이화장2길 29-3, 104호(동숭동)
전화 | 02)2275-9171
팩스 | 02)2275-9172
이메일 | tibet21@hanmail.net
홈페이지 | http://goldegg21.com
출판등록 | 2003년 03월 26일(제300-2003-230호)

마음의 꼬리

강태구 시집

황금알

만학천봉을 바라보며

함지 속 해를 안아보고 싶었습니다

떨치지 못하고 중얼거린 마음

꼭 붙들고

바람과 돌과 풀과 꽃이며

세상의 모든 눈과 마주하며

끝까지 걷고 싶습니다

2019년 9월

강태구

차 례

1부 마음의 꼬리

2부 혼잣말의 초상

3부 하얀 그리움

4부 익숙한 약속

1부

마음의 꼬리

분견糞犬

똥개의 하루는 마음대로다
골목길 누비며 꼬리를 세워 호기 부리나
절절히 자유를 구걸하지 않아 굴레가 없다

번듯한 가계와 우람한 몸짓
똥개처럼 빈곤 속 풍요로움 어디 있으랴

옹골차게 발라먹은 뼈다귀와
맹물에 눈물겨운 찬밥 몇 덩이 던져주는
하대에도 점잖게 숙이는 고갯짓,
세상의 누가 이보다 더 자유로울까

파리 모기와 밤낮없이 숨바꼭질하고
귀뚜라미 소리에 잠 설쳐 눈 깜박이다가도
눈발 분분한 엄동설한엔 눈동이 되고
맛깔나게 달 뜬 밤 울적해 우 한 번 울부짖으며
제 할 일 헤쳐 가는 한량 같은 일상

어쩌다 걷어채면 으르렁대고

찌푸린 눈살 쌓여가지만
미래 없는 그에게도 오륜*이 있다

* 동양철학자 김경탁의 말
  頻舐基子 ─ 어미개가 제 새끼를 핥아주며 귀여워한다 ─ 부자유친
  不吠基主 ─ 자기를 길러준 주인의 은혜를 잊지 않는다 ─ 군신유의
  交尾有時 ─ 함부로 덤비지 않고 대를 가려 짝을 짓는다 ─ 부부유별
  小不敵大 ─ 젊은 개가 늙은 개를 상대로 싸우지 않는다 ─ 장유유서
  一吠群応 ─ 한 마리가 짖으면 동네 개가 따라 짖는다 ─ 붕우유신

소실점

상강 아침 해 뜰 무렵
병동 옥상

직각의 벽돌 사이를 몇 바퀴 돌다 미끄러져 떨어진
미동의 꿀벌 한 마리

건성이었으면 밟아 죽였을
내 눈, 얼마나 다행인가

두 손 가득
기적 같은 느낌으로
유리창을 빼꼼 열어주자

뒤돌아보지 않고 날아가는
저 하늘의 점 하나
참, 맑다

그리운 언덕

지푸라기 눈썰매 타던
첫눈 온 아침

중천에 붉은 해 떠오를 쯤
뒷동산 비탈길 속살 내밀면

산토끼 눈동이들
동산 헤매고

처마 밑 고드름
기지개 켤 때

눈길에 넘어지던
어머니 목소리

날개

네게 가는 길이다

네게 거는 희망이다

너와 나의 소중한 약속

영원의 손짓이다

고난을 떨치고 부른 노래

힘찬 날갯짓

옷깃을 여미고 되돌아보는

끝없는 삶,

힘찬 비상이다

슬픈 인연

간밤에 천만리 강가를 걸었습니다
강물에서 뒤노는 물새들 밀어는
그대 향한 그리움이 되었습니다
잊으려는 마음은 바람일 뿐
소리쳐야 목만 쓰렸습니다
눈이라도 멀면 보이지 않으련만
귀라도 먹으면 들리지 않으련만
눈발은 부질없는 언어로 날릴 뿐
속절없이 바람에 흔들리는 갈대와
마른 풀잎의 뜨거운 숨소리는
밤새워 짊어질 시간 앞에
슬픈 노래가 되었습니다

까치 아파트

천지가 집인데 아리랑 스리랑 고개 넘은
처녀 총각, 총이 있어야 꿩을 잡지

사랑, 그게 어디 녹록한 말인가
먹지 못하는 설음 다음
집 없는 설음이라지만
꿈만 먹고 살던 때 있었어

한두 끼 눈빛으로 반찬하고
겨우 몸 둘 숨길만 한 골방 웃음으로 수놓고
밥맛 없으면 물맛, 그도 아니면
두 맨 입맛으로
구들장 녹여 세수했다지

얼랑뚱땅 얼버무리는 알량한 술수라고,
있을 수 없는 일이라고, 도리질할 테지만
어떤 말로 되돌려도 들통날 따분한 세상

아파트 로열층 세 채나 전세 놓고

재미있게 밥 말아 먹는 까치처럼
미루나무 잔뜩 심어 임대사업이나 해볼까

마음의 꼬리

새벽 잠버릇에 하루가 길다
용건에 맞게 미리 물건을 챙기지 못한 날
손발에 고양이 한 마리 붙어살아도
늘 치매기가 발동하여
큰 눈으로 어둠을 쓸지만
그만 소리의 발을 밟고 만다

매섭게 추운 날 미화원의 날카로운
비질 소리 같은 시간쯤 만나지만,
먼저 건넨 인사말 되돌아오지 않아
듣지 못해 그러려니 하고 다시 건네도
들리는 토막말 아직 없다

그냥 지나친 일상이 부끄러워
가슴이 찔렸을 거라는 속 좁은 내 생각

경인년 동짓달 가로등 밑
애써 되돌리고픈 마음의 꼬리
바람이 헤적여 낙엽처럼 날린다

동행

아침마다 걷는 산책길
다정한 이들 벌써 다녀갔네요
할 일 특별한지 앞서 실례한 근처에
또 놓고 간 몇 그램 흑금 덩이

사는 일 어지러워 금값 치솟고
돌 반지 무값 되어 고공비행한다지만
그대는 이 길에서 그리 넉넉합니까

황금 보기를 돌 보듯 하니
헤프기도 해라

군자는 대로행이라는데
향긋한 꽃 내움에 눈코 시리고
아침부터 식욕 사라지는
모락모락 흑금덩이 모습
이젠 싫어요

그대 오가는 길, 나도 들어서려니
그대만의 반려 길에 만끽하시라

바다, 그 영원한
— 섬 아닌 섬

토한 것, 배설한 것
남은 것까지 모두
집어 던져라

낭자하게 찢긴 가슴
숨 막혀도
출렁이며 웃어주마

던져라 부어라 쏟아라
어서 오라
바다로

되돌려 받고 말하려는가
섬 아닌 섬을 안고
더는 출렁일 수 없다고

인내는 쓰고
후회는 더 쓰다고

안부

하늘과 땅 사이
천 리 길이 무엇이랴

어디냐고 묻지 마라
허공이면 어쩌랴

눈 감으면 지척인 걸
영겁인들 어떠랴

바람 한 점 걸침 없이
광음같이 가려니

이승과 저승 사이
오고 갈 일 별것이랴

잊어질까 지워질까
못다 한 얘기

은하수 건너갈
조각배에 띄워볼까

무심으로 서다
— 덕진 연못에서

몸뚱이 텅 비어 말쑥하진 않아도
가녀린 몸 올곧게 솟아
가부좌로 세상을 굽어보며
청청한 이슬 머금고
의연함 잃지 않는 해맑은 모습

내키면 억지 춘양이 춤추고
싫으면 안면 몰수하는 세상
요염하지 않고 진실하며
너만은 소박 고고하구나

큰 귀와 가슴으로
세상 소리 아우르고
머리로 바르게 셈하여
큰 손으로 따뜻이 베푸나니

진흙의 가름대에 꿋꿋이 올라
무심 정결하게 선
진정 아름다운 꽃이여

기도

한 줄기 빛이 어려 뒤척인 밤
누가 꼬집고 화나게 한 것도 아닌데
몸이 할퀴고 짓밟혀도
이처럼 마음 아픈 일 없었는데

인연이 있으면 꿈속에서 볼 수 있고
일상에서도 찾을 수 있다는데
이 허전함을 어찌합니까

설 곳에 머물고 있는지
갈 길을 제대로 가고 있는지 몰라
그럴 때도 있지만
무심한 실수의 차가운 멍 어루만지며
두려움을 갖지 않기를

그리하여 살아가는 동안
사랑이라는 이름으로
더는 서러운 눈물 흐르지 않게
환한 빛 속 우리가
한 아름의 향기 안에 늘 진실하기를

흔들리는 말

일행이 상갓집에서 고스톱을 하는데
그중 하나가 "성! 고스톱 하듯 시 쓰면
멋있을 것 같다"며 즉흥으로 읊어보라는 듯
비 열끗을 내게 던진다

뜨거운 감자 던지며
한입에 받아먹으라니
세차게 걷어찬 맞바람 풀밭 들쑤셔
독침 맞은 호랑이
결기 세워 말꼬투리 더듬을 때

돌 씹다 튀어나온 말
뉘 입술에 냄새 풍겨
물고 물리는 얼간이 가다 서고 서다 간다

모든 것은 한순간,
남는 건 빈 깡통
들자니 무겁고 놓자니 깨져
이도 저도 허발치는

열두 마당 사형제 난장판

영혼마저 까칠해 소목燒目도 될 수 없는 내게
그 무엇 얼마나 찾아들지

사랑

가슴에

심
어
둔

영원의

소
금
꽃

금붕어 요양원

엄지손톱만 한 금붕어 새끼
다섯 마리 기르다
몇 달 못 넘기고
여러 해째 새 인연 주어도
오롯이 저 혼자 저택에 버티고 있다

저와 나 고적하긴 마찬가지라는 듯
하루 한 번 먹이 주는
발자국 소리 귀신같이 낚아채며

갖은 아양으로 눈칫밥 얻어먹고
하루를 달래며 위로받는 그이지만
검지만큼 자란 몸짓 자랑스럽다 못해
안쓰럽기 한량없다

사는 곳 어디면 어떠냐는 듯
활기차게 들떠있지만
이 저 일로 길 나서다 보면
나도 그러하리

금붕어 요양원에 독거노인 둘 살고 있다

기적

1549편 조종사는 조종간을 꽉 쥐었다. "1970년대 미
공군에서 F-4 전투기를 몰았던 내가 아닌가." 엔진은
모두 꺼졌다. 유일한 희망은 허드슨강에 착륙하는 것이
었다. 속도가 너무 느리거나 빨라선 안 된다. 최대한 강
바닥과 평행을 이룬 상태에서 착륙하지 않으면 충격으
로 동체가 두 동강이 나거나 뒤집혀 많은 사상자가 날
수 있었다. 동체는 물 위에 떠 있을 수 있었다. 조종사는
구조대가 온 뒤에도 두 번이나 다시 들어가 남은 승객이
있는지 확인하고 마지막으로 비행기에서 빠져나왔다.
뉴욕 맨해튼 섬 서쪽 MTV 건물 39층 회의실에 있던 나
는 눈을 의심했다. 제트기 한 대가 허드슨 강으로 곤두
박질했다. 눈 깜짝할 사이 비행기는 화산폭발 같은 물보
라를 일으킨 뒤 해안 구조대와 헬기가 도착한 덕에 승객
155명과 승무원 5명은 모두 안전하게 구조되었다. 이날
뉴욕 날씨는 영하 7도였다.*

하얀 손 고이 접어
날갯짓 한 적멸의 눈꽃송이들
지난 세월 오만한 악어의 눈물과

가뭇없는 무관심 속 세월호
오롯이 불쌍하고 참혹했던
201404160850

* 2009년. 1. 16 중앙일보 기사 재구성

기로에 서다

가을 가뭄이 다리를 꼬고 앉아
목욕하는 냇가

웅덩이에 갇힌 몸
신호 위반의 훈장 달고
시간을 끌어도 눈치 못 챈다

낚싯줄에 매단 뇌관을 물까 말까
인내를 시험하듯
밀고 당기는 물고기

입맛을 삼키려 할 때마다
팽팽한 목소리 파문을 그려
산 자와 죽은 자로 갈라서고

순간을 넘지 못한 유혹은 달콤하나
후회는 쓰디쓰다

2부

혼잣말의 초상

후회를 안개처럼

눈을 감아야 보이는 게 있다

안개처럼 내 손을 떠났다가
이내 짓누르며 다가오는
성마르게 살아온 날의 질긴 인연

보이지 않는 사슬에 매였다고
심연의 파문을 꺼내
푸념하지 말자

밟아 짓이기려 해도 밟히지 않아
데데한 변명으로 머문
잉걸 같은 울림
애면글면 사라진다 해도

끊을 수 없던 줄다리기
이제 손을 놓아야지

천둥소리

저승을 건너다

이승에 나자빠져

무서리에 지는

저 잎 새 소리

적막을 가르며

내 가슴 울렁여 놓고

어느 메로 울고 가나

광야에서

한 해가 요란스레 회자되더니
현란한 세상 그림자에 귀 멍들고
기만하고 방황하다
말도 많던 열두 마당 사물놀이패
서산을 넘는다

아쉬움에 뺨이 터지도록
맞아보고 싶고
목이 터지게 부른 변명의 노래
초조함과 아쉬움 간직한 채
애잔한 선율 심연에 내릴 때,

스산한 바람은 머리카락을 날리고
낙엽은 회한의 밀어 되어 맴도는데
아낌없이 살려던 햇살 같은 마음
올해도 세밑에 묻히니

어지간히 무딘 삶의 고리 매만지며
미련의 노래만 불러야 하나

재계약

당신은 명왕성
나는 천왕성
달려온 은하 길 되돌아보니
벌써 궤도에 진입했네요

자기장 폭풍에 허우적거리다
은하수에 빠져 애먹어도
발 적시면 별똥별로 징검다리 놓고
따뜻한 입김 불어 허리를 폈지요

이젠 혼자는 버거워요
새롭고 절절하게 거듭나
뒤안길 미운 자국 지우며 우리
가볍게 출발해요

느지막 천상의 행복을 위해

혼잣말의 초상

정류장에서 버스를 기다리는데,

"제가 그러면 어떻다는 거야! 일 처리도
엉망이면서 누가 그를 보고 다시 오겠어?
사람을 잘 못 본 것"이라며 갖은 몸짓으로
한 사람이 게거품을 토한다

누구와 이야기하는 것 같은 혼잣말에
사람들 시선 먼 산에 멎고
알 듯 모를 듯 중얼거리다 차 타는 뒷모습
저녁놀이 물끄러미 바라본다

낮도깨비가 그의 기분을 뒤틀었음일까
탈 벗은 채 불편함을 토하는 걸 보니
큰 가시가 목구멍에 억세게 걸렸나 보다

들으면 좋고 그렇지 않으면 그만인
묻지 마 식 혼잣말에 끔쩍 않는 눈들

아무리 시끄럽고 귀찮아도
세상엔 고장 난 메아리 꽉 찼어

죽자 하면 산다

칠레 북부 산호세 광산 붕괴로
신과 악마가 함께한 지하 700m는
섭씨 35도C 고온과 습도 90%의 막장이었다

진정한 사랑이 움튼 행운의 거처에서
69일 만에 귀환 한 33명의 광부들

생체시계가 무너지는 순간에도 여름내
갈대처럼 흔들렸던 구조에 대한 희망은
무덤보다 깊은 천길 유령의 집에서
제 것 모두 내려놓고 절망을 뚫고 캔
고귀한 사랑이었다

인간은 40일을 먹지 않고
3일간 물을 마시지 않고
8분간 숨을 쉬지 않고 살 수 있으나
희망 없이는 단 2초도 살 수 없다*

* 미국의 신학자 조지 스위팅의 말

고향의 밤

웃음이 없다
울음도 없다

어둠을 가르는 개 짖는 소리
산허리 돌아
희미한 메아리뿐

술잔에 젖은 외침도
그 무엇
아무것도 없다

그믐달 기우는 뒷동산 백일홍
팔 벌린 채 졸고
질질 끓는 가래 기침 소리
개울물 소리에 묻혀

어스름 달빛마저 끊긴
유령 같은 적막을 가르며
저기 또 하나 떨어지는
고향의 별

고백

어제저녁 닭장에 손님이 들었다는
집주인 아주머니 말을 듣고
제 발 저린 도둑 얼굴이 달아올랐다

무슨 낌새를 알아차렸나?
신음 신음하다 결국 중병을 앓는 걸까?
반세기 넘은 고3 때 자췻집을 드나들던
영구가 점찍어 놓은 주인집 씨암탉 서리 사건

매섭게 추운 1월 중순 자정쯤
황 불 냄새 풍기며 겨드랑이에 달군 손
고슴도치같이 움츠리다 날갯죽지에 넣자
체념한 듯 조용해지는 적막의 순간

누가 목덜미를 낚아챌 것 같은
두려움 뒤로하고 일행의 다른 자췻집으로 내달려
주인집 연탄불에 삶은 긴장이 넘치는 사이
어둠을 뚫는 주인의 쇳소리에 놀라
아침을 거른 채

학교에서 설익은 닭 해종일 입맛에 말아먹고
뒤통수 간지러워 한 달여 동안 뒤숭숭했던
그때 그 녀석들, 뒷머리 긁다 탈모는 안 됐는지…
아주머니! 그 씨암탉 사건은 이렇습니다

기적 소리
— 원두막

여름 꿈속엔 가끔 원두막에 간다
연탄재 몸겨누운 반세기 전
학교 옆 수박밭에서
인분을 씹고 자란 달덩이 수박 단내
뱃속 사정 용케 알아듣고
시원한 바람으로 날아들었다
교실에서 내다뵈는 원두막 지형지물
틈새만 노려보다가
허기진 배 수돗물로 채운 날 저녁
도서관 모기와 더위에 지쳐 밖에 나올 때쯤
희미한 달과 숨바꼭질하는 구름 떼
잠투정하는 가로등과 어우러져
숫자 셋에 알몸을 던진 패거리
수박밭 모기 심술에 궁둥이 드럼만 치다
쏟아지는 별똥별 사이로
고요만 씹었었다

미결수

끝이 보이는구려
눈꺼풀 내려앉아
날던 새 떨어지고
끝없이 빠져
나부끼는 터럭들
어느 강 떠돌다
빈 배 올라
먼저 간 길 따라
가려는 건지
저 멀리 다가오는
하나같은 발자국 소리

편지

너와 나를 종이접기하다

네 모습 둘을 접어

이도 저도 내려놓지 못한 마음

바람에 던져놓고

점 하나 될 때까지

안개비 맞고

우두커니 된 나는

끝내 밀봉하지 못한

빈 봉투

물 족제비다

개구리

올챙이 시절
언제였던가

먼지 푸석한 마른하늘
더는 바라볼 수 없어

풀 속에 엎드려
또 한바탕 뛰어본다

무논에서 놀던 일
꿈이었나

두들겨 패는 소나기 맞으며
울고 또 울었다

산다는 건
냉정과 열정이다

연리지

어둠이 내려앉은 산책길
한 척 반보다 반만큼 더 큰
갈대 머리에 오른 달팽이 두 마리

바짝 다가서도
끔쩍 않고 도란거린다

달팽이 걸음걸이 하나마나지만
겨우 엄지 한 마디 남짓 여린 몸
꼭대기 오르는데 얼마나 고달팠을까

삼십 리 길 새벽 별 보며
하루같이 이고 진 어버이 큰 사랑

두 분 가시는 길 달랐어도
백 년 만의 염천 재해 뒤로하고

그 좋은 날
무거운 짐 내려놓고

아버지 곁 울 엄니
못다 한 생전 사랑 나누실까

낙엽

시간의 마디 접어
　　몸 부리는 소리
덧없는 세월
　　매김 하는
겸허의 노래

어우러지다

김장거리 모아놓고 토닥거린다
부족한 건 채우고 넘치는 건 다독여
가슴을 폈다 오므릴 때마다
제 것 다 내려놓는
오묘한 수다와 재치

손놀림 따라 낮은 목소리 높이
높은 목소리 낮게 흘러
향기 없고 단단해 씹을 수 없어
뻣뻣하게 고개 든 놈 더 먹이다 보면
제 것 남겨놓은 채 토하고 만다

배려에 달콤한 맛이
배설의 신통함에 소화가 있듯
만사가 형통한 자연의 조화는
무욕의 피접이다

타령

올여름 어인 일로 몸이 들쑤시지?
철심 박은 모기 입 때문이라는 말 있지만,
폭염 시리즈 연일 뒤바뀌니
언젠가 지치겠지

한 달 내내 공평무사하게 쏟은 더위
비염 때문에 선풍기로 달랬어도
눈 가리고 야옹하는 말 풍년에
오장육부 열 받았어

소리sorry라는 따위 소리
몇 번이면 그만인가?
개소리 말소리 깡통소리 천둥소리
소리소리 마 소리

그까짓 소리에 누구 고개 끄덕일까
알량한 입으로 세웠다 부수는 세상만사
이제 다시 어쩌자는 건지
철판에 가린 얼굴,

주홍 글씨 훤하다

열 받는다 열 받아 반복되는 노랫소리
음정 박자 엇갈려도 '땡' 소리 왜 없는가?
남 이하면 싫은 일 따라 하면 슬퍼지니
그러나 어쩌지요 우리 모두 냄비인 걸

3부

하얀 그리움

야지랑을 떨다

순대국밥에 한 잔 술 걸치고
이쑤시개질 할 때
책가방 멘
일 학년 또래 녀석
지나다 발걸음 멈추고
멀뚱멀뚱 쳐다보더니
"맛있어요!?" 일갈하고
입맛 다시며 이죽거린다

새벽길

눕거나 앉았다가
붙잡고 일어설 그 무엇
어디도 없습니다

무심한 구름 하듯
바람같이 떠돌 일만 남아
아무도 다가서지 않는 길
부질없이 바라봅니다

곰삭은 미풍에 흔들려
갈지자로 걷는 뒷모습 보기 싫어
새벽같이 떠나려니
발걸음은 천만 근

먼지 자욱한 새벽길에
온통 타다만
기억의 너덜뿐입니다

설치다가

복통이다
며칠을 입 닫고 신음 중
먹어본 자만이 허기를 알 일

보리차만 일주일 먹으라는 병원 일갈에
강 건너 등불 보듯 하다
하루 이틀이어야지
가슴보다 더 가라앉아
바람마저 머물다 가는 뱃가죽

참는 체하다 긴장이 풀린 사이
장구 치며 맹물에 밥 말아 먹고
사단에 들락거려야만 했다

구수한 냄새와 인내 사이
비워야 배부르다는
설익은 상처 하나 써 둔다

불효

한
세상
덧없다

또
한 세상

얼마나 행실이 막심했으면
꿈에도 뵐 수 없을까

단 몇 초 만이라도
엄니
아부지

오늘은
뵙고 싶습니다

화가

토끼를 그리려다

악어를 그리고

산신령을 그리려다

인어를 그리고

그래도 보이지 않아

팔베개하고 누워

얼굴 없는 너를 그리다

온종일

뜬구름만 그렸네

끈

향나무 목침 하나
머리맡서 데면데면하다
여름이면 어김없이 달려든다

바닷가 벼랑에 엎드려
갈맷빛 벗 삼아
하늘빛 소리 해무 온몸에 두르고
정념으로 살아오다

풋풋한 향내 풍기며
온통 때 절은 내 곁에서
힘든 물살 가르는지

인연이로구나
인연이로구나

닳고 닳아 번지레한 몸
지난 세월이 부끄럽다

하얀 그리움
— 장안산에서

운다
울어
흰머리 풀어 젖히고
은빛 손 흔들어 쉰 목소리로
백혈을 토한다

기다리다 지쳐 차이고 쓰러져
잔설에 묻힌 망부석같이
일상에 무너져버린 미련일랑
바람에 날려버리라고

일렁이는 숨소리
잠 못 이룬 가슴 움켜쥐고
어둠길 헤매는 정한의 목소리
무리 지어 운다

가슴을 짓누르는 저 애절한 손짓은
저미는 회한이려니
누굴 기다리며 흰 손수건을 흔드는가

휴전선의 봄

올
봄엔
오려나
통일이여
소 앞다리
분단 설움에
울분을 토하는
짝 잃은 후조의
멋진 비상 행렬 눈부시게 아리고
이랑에 솟구치는 힘찬 쟁기 소리
언 땅 뒤집는데
밭이랑 뛰노는
새끼 고라니
겨레의 꿈
이루자고
간절히
비는
봄

신세타령
— 닭

한여름 긴 다리 밑에
천국 열차 한 대 졸고 있다
무덥다 간지럽다 숨 막힌다며
누굴 위해 종 치러 가느냐고
푸석푸석 뚝딱 아우성이다
훅훅 찌며 풍기는 짧은 순간의
목을 죄는 분노에 치 떨며
양지바른 날 개나리꽃 그늘 밑
행복한 날을 그려보지만
코골이 끝난 저승사자 앞
어쩔 수 없는 원통한 이 신세
참을 수 없구려
자유가 있는 암평아리라면
25년은 살 수 있는데
내 생은, 딱히 2년뿐이라니,

생후 7일에서 70일 사이 쪼는 버릇 없앤다고 부리를
자르고, 슈퍼마켓 3단 진열장처럼 생긴 A4용지 크기 배
터리 케이지에 하나씩 처넣더니 하루에 달걀 한 알씩 낳

도록 420일쯤 되어 억지로 털갈이시키고, 9일 동안 굶
기며 5일은 물 한 모금 주지 않아 체중이 30% 정도 줄
자, 비좁은 닭장에서 운동부족과 부상 골다공증으로 쓸
모없어 도계장행 천국 열차를 탔다오 죽을 먹어도 명대
로 한번 살고 싶소

등대

바위산에 앉아
칼바람 옷 입은
늙은 고독이
몇백 년 동안
밀고 당긴 심사
하얀 포말에 묻고
천 년 바람에 감긴
만 년 파도
억겁 세월에 띄우련다

대박세일

선거철 되니 온 장안
여기저기 세일이네 그려

이것저것 앞세운 말 풍년
온통 들쑤셔
나중 일은 모르고
뺄고 보자는 심사
곶감에 입맛 당기면
언젠가 체 할 걸세

앞 땅은 내 것
뒤땅도 내 것이라고?
반값에 흥정되면 나는 얼마짜리?

세상만사 반값에 엿보니
얼마나 달콤한가
무조건 내리깎고 깎는 거다

노숙路宿

바람이 걸어간 뒤에 길 트이려나
오가는 말끝에 환한 길 열리려나
풀잎을 떠난 물방울 눈치껏 따라나서면
세상길 있음을 알 수 있을까

마음을 다지고 길을 걷다 미끄러져
엉덩방아 찧는 불편함을 어떻게 말할까마는
삼 년 가뭄 이겨도
석 달 장마에 장사 없다는데

궂은비에 씁쓸해지는 입맛,
강물은 제대로 풀리려는지
바닷물이 산자락까지 넘치랴만
코빼기만 한 처마와 지하도 벗 삼아
어느 배 띄워놓고 하늘을 바라볼거나

굵은 비가 열흘 동안 더 내린다는데
장마가 끝나면 삼복이 오련만
떠돌며 갈 곳 없는 이 신세, 어찌하랴
이 순리, 뉘 뜻이랴

개망초

가느다란 몸매에
연초록 꼬까 걸치고
어기차게 몸 뒤척였지

예쁘기나 한가
향긋하기나 한가
누가 침 뱉고 준
천하고 천한 이름인가

외눈으로 지나치는 바람,
바람맞으며
외로워 못 살겠다더니
이름보다 멋있게 잘도 견뎠네

피할 수 없는 발길질
삼복의 목마른 가슴 쥐어 잡고
어디서나 의연히 어우러져

망초, 꽃처럼 흔들렸지

돌잔치

고구마밭에 심은 호박 몇 구덩이 서로
낮 설어 데면데면하더니 달밤엔 어우러져
밤 이슥토록 지내는 모습 정겨웠다

가뭄 때 물을 길어다 돌본 덕인지
성정이 달라도 세상살이 다 그렇다는 듯
잔잔한 물결 일었다

된서리 내리기 전 보름달 같은 호박 두 덩이
하나는 거실 맨바닥에 다른 것은
등나무 받침대에 놓고 돌봄이 서툴렀는지
시름시름하다 하나가 먼저 간 후

보는 이마다 남은 것 묵정 되었으니
갈 곳에 보내야지 죄 받는다는 말
그도 알아들었는지 안색이 전만 못하고
사랑을 줘도 옹알이뿐 가부좌로 끔쩍 없더니

데려왔으면 이름값 매겨달라는 묵언의 성화

비켜오다 돌 한 달 전 목욕시키고
큰 상을 차리고 보니 겉은 허허로워도 토실토실한
밀알들 새록새록 숨 쉬었다

숫자에 얽힌 내 생은 더 누추하리
이 몸 쇳소리 요란하여 얼굴 붉힐 줄 모르고
제 속에 빠져 무슨 미련에 에돌기만 하는지

눈물 같은 눈물

속살을 헤집고 나온
땀 절은 통증이다

근질근질한 손톱에 묻은
너절한 넉살이다

하늘을 날지 못해 허우적거리다
뒤엉킨 황량한 마음을
곱씹다 휴지에 싸서 버린
단물 빠진 껌이다

허공에 던져야 직성 풀린
눈물도 눈물 나름
대장부가 흘릴 땐 흘려야 하는
눈물 아닌 뭣이 있다지만,

생의 임계점에서 별빛들이 쏟은 침묵
그 변주곡이다

독백

바지랑대 끝에
동그마니 앉은 잠자리인가

늦서리에 옷 여미는
허허벌판 허수아비인가

오가는 발길질에 차여 반들거리는
버려진 몽돌인가

바람에 내동댕이친
애잔한 낙엽인가

허공을 맴돌다 갈 곳 잃은
그대
과연 누구인가

4 부

익숙한 약속

길

빤히 보이는 것 같아
주저 없이 가다가
생각의 파고를 넘어야
열리는 게 있어
그 중
목숨과도 바꿀 수 없어
고개 숙이고
가슴으로 반죽한 음성
조용히 들을 때
마음 한가운데 다가서는
소중한 한마디
그
말

누렁이 생각

기축년 첫날 정육점 벽에 붙은
조각 난 39쪽 생체 지도를 조합하니
되새김질하며 다가오는 누렁이 한 마리
꼬리 저어 생의 획을 다시 긋는다

그 무덥던 여름
온종일 포강 둑에 매어놓고
해 질 녘에야 환한 아버지 얼굴을 그리며
풍선같이 배 차오른 누렁이
등을 타고 집에 올 때

가끔 고개 들어 먼 산 바라보고
오늘 같은 슬픔 생각이나 했을까

눈망울 껌뻑이며 내 병원비 갚으러
장에 따라간 보은의 삼십 리 길
눈에 새긴 체념 어기차게 흔들며
옹골차고 소중했던 네 모습

어머니 말씀

식사 때만 되면 입맛 없다 손사레 치며
바듯이 식탁에 앉아 천근이나 되는
수저로 국그릇 밥그릇에 종을 치던
어머니 점심 밥상을 차려드렸습니다

젊어 체증 기를 달고 지내시다
위가 좋아진 후 육물을 즐기셨고
위 속 고랫재를 당그래로 긁어내듯
끄르륵 끄르륵 큰 소리로
드시고 싶은 것을 긁어내셨습니다

운명하시기 전까지 구십도 넘게
굽은 허리로 조상님 은덕에 감사드리고
자손의 평안을 비시다가

천수 끝에 운명하신 지 벌써 십 주기
고향 뒷동산 양지 녘 아버님과
바르게 살라는 말씀 지금도 이르십니다

텃밭에서

해 몇 걸음 쉬어가는 텃밭,
고구마 상치 파 무 배추 호박, 오이…
강보에 싸여 누웠다

조석으로 들러 봐도
무공해란 상큼한 생각
가뭄과 병충해에 어지러운데
애써 웃음꽃 피우려 몸부림치는
가녀린 초록 꿈 언제쯤 피울까

찬 서리 옷깃 스치기 전
저 내리막길 감당할 만큼
마른 입술 촉촉하도록

꿈에라도 더 흔들리지 않게
미끄럼 타고 오실
당신의 목소리

낙법落法

때 되어도 지지 않고
느긋느긋 덕지덕지
누리 테 테 검버섯 달고

향기 없이
눈치보다 지는 꽃
볼 것 없더라

바람에 떨어져도
향기 나는 꽃

말없이 질 때
참 아름답더라

여명

뜨악하지만
어스름 달에 끌려
어둑 새벽길 나선다
발밤 발밤 걷다 보니
벌써 귀로 중
산마루에 걸린 동녘 하늘
새싹 하나 고갯짓 한다

오카리나

마음을 갈아
　　　흙으로 빚은
　　　　　소리의 날개여

익숙한 약속

우리 서로 입이 메말랐어
마주하다 침 튀겨 입 냄새 풍겨도
부끄러운 줄 모르거든
그렇다고 얼굴을 찡그리지는 말자
그럴 수도 있으니
선을 긋고 지우며
돌 던지기에 익숙한 우리
고개를 돌리고 코를 틀어막진 말고
할 말 있으면 언제든지 던져보자
참고 되뇌다 보면
서로 이야기 끝날 때까지
단 한 번만이라도 되돌아가고 싶은 날 있을 테니
어둠 속 입술에 침 바르지 말고
네 두 눈, 내 눈 속 깊이 걸어놓은 채
흔들림 없이 걸어보자고
너 거기서 달나라에 가고
나 여기에 동심원을 그리며
서로 흔들지 말자고

해후

시공을 비척이며

때도 없이 떠난 사람아

어디쯤 가고 있나

어느 곳에 누웠는가

찬바람에 옷깃 세워

마주하던 그믐달

오늘도 보고 있나

언제 같이 굽어볼까

못을 뽑다가

옷 한 벌 걸어둘 못을 세운다

튕기지 않도록 꽉 잡고 침을 발라
어림으로 힘껏 내리치면
한술에 휘어져 버티다 쓰러지고
잽싸게 튀기는 놈 여러 질이다

얼려가며 자리 잡을 때까지 되풀이하다 보면
용케 세워지는 못
언젠가 다시 뽑힐 그 뒷모습에
일상의 옷을 걸어본다

이제 겨우 홀로 선 못
부드럽고 쌉쌀한 마음 오고 가다
제 힘자랑하듯 여러 일에 짓눌려도
애써 사랑으로 감싸주지만,

그도 나도 종 치는 건 한순간
내색 없이 다가올 검붉은 상처
마주할 날 있겠지

남은 것의 무게

아무것도 내세운 것 없이
무작정 다가서서
보이는 낙엽이란 낙엽
그대로 모았습니다

어쩌다 살아남은 체온 밟아가며
찢기면 찢긴 대로
젖으면 젖은 대로
썩으면 썩은 대로 담았지만,

기억되는 일 때론 뜨거워
찬바람 일어도
뒤돌아볼 때마다
발걸음이 무거운 것은

늘 그랬던 것처럼
침묵으로 점철된
주체할 수 없는 것
씻어가는 일

공중전화

비 오는 날은 우산
칼바람 불 땐 덥석이었다

하던 말 끊어질라
달랑달랑 목매달고
고래 등 터지라 소리쳤다

내 돈 내고 내 시간 먹는다고
눈치코치 말아먹고 매달린
철면피 소통 창구

휴대폰 없고 땡 푼 사람에게
국보급 같은 유물

테 끊겨 일손 놓은 동네북처럼
고풍 여인숙처럼
고개 푹 숙였다

굴렁쇠

갈 길을 더듬으며
넘어져도 갈 수 있어요
어디로 갈지 몰라
빙빙 돌다 멈추는 곳
내 갈 길

진달래꽃 따먹으며
삐삐 뽑아 목적시고
가재 잡던 계곡에서
다람쥐와 알밤 줍고
산토끼 쫓다 무릎 깨진
고향 마루 뒷동산

무얼 잃을지 얻을지
뭐래도 두렵지 않아
하나 얻고 더 내려놓으려
굴렁 굴렁 굴러굴러
굴러가고 있네그려

바람아

가다가 어디서 자니
일어나서 어디로 가니
초행길이니
혼자이니
어젯밤은 누구와 지냈니
좋아하는 건 누구니
누굴 싫어하고
누굴 좋아하니
부드러운 눈짓 손길
참 좋지만
느긋느긋 하다가도
누구 말도 듣지 않는
성깔 하나
알아줄 만하더구나
가만가만 다녀가렴
2016.9.8
주먹만 한 배추 한 포기
만 원이란다

금랑화

담황색 옷자락 끝에
달랑 금랑 몇 개 달고
금랑 달랑 피었네

옷고름에 달랑달랑
금랑 달고 달랑 금랑
붉은 미소 살포시
어둠을 밝히고

인적 먼 깊은 계곡
망부석 되었네

세상을 더듬다

저녁놀 불사를 녘
세상을 볼 수 없는 사람
사제 서품받는 모습을 TV에서 본다

순간이다

얼마나 버려야 더 가벼워져
세상을 보는 도리 깨닫고
나뒹구는 돌의 이치 풀잎에 세워
이슬 한 방울도 가까이할지

잿더미에서 콩알 튀어나오듯
어디로 번질지 모르는
구름 같은 상념

어떻게 태우고 태워야 끝내
번뇌 속 나를 삭일*까

* 성철스님의 법문

천 년의 시간

나 흙이고 나면
어느 풀씨 날아와
세상 이야기 전해줄까

긴긴날 말벗 되어
어느 풀벌레와
눈인사라도 나눌까

하수구 슬러지 벽돌 되고
지렁이 모랫길 걷는 날
어느 곳에
무엇 되어
누굴 기다리고 있을까

바람은 알 테지
돌 베개에 묻혀 떠돌
안개여 꿈이여

해 설

과거태過去態와 현재태現在態의 길항拮抗, 그 양가적兩價的 함수函數 관계

— 강태구 시집 『마음의 꼬리』에 붙여

시적 심상들은 각자 제 나름의 물질을 가지고 있다.[1]
— 바슐라르, 『물과 꿈』에서.

정 휘 립鄭輝立[2]

1.

언어와 사물은 대치관계에 놓여 있으면서도, 불가분의 존립 관계를 유지해나간다. 시인은 그 둘 중 어느 하나를 통하지 않고서는 다른 하나를 향하여 나아갈 수가 없

---

[1] "Poetic images have their matter." Gaston Bachelard, *Water and Dreams. An Essay on the Imagination of Matter*. Trans. Editor: R. S. Dupree (The Pegasus Foundation, 1983), p. 3.

[2] 조선일보 · 서울신문 등 신춘문예 시조부문 당선(1993~1994 년). 『시조시학』 문학평론 당선(2001). 전북대학교 영문학 박사. 저서로, *The Collection of Impressive Proses & Poems in English* Ⅰ, Ⅱ, Ⅲ(1999~2001), 시조집 『뒤틀린 굴렁쇠 되어』(태학사, 2006) 등이 있음.

다. 시작품이라는 폐쇄된 텍스트의 공간 내에서, 언어는 대상인 사물에 복합적인 접근을 시도한다. 특히 과거의 깊이에 한쪽 발을 담근 시인이 현재의 높이 앞에서 회의를 느낄 때, 언어 역시 드넓은 지평 앞에서 한참을 망설이지 않을 수 없는 것이다.

사실주의寫實主義의 첨병인 **프랑스**의 소설가 **플로베르**(Flaubert, Gustave: 1821~1880)는 일물일어一物一語 즉 '세상의 모든 사물은 각기 단 하나의 단어로 표현된다'는 전제를 내세우고 글쓰기에 임했다. 시인은 그 금언을 일찌감치 외면한 채, 일어다물一語多物 즉 한 낱말로 뭇 사물들을 포괄하는 다의성을 추구한다. 이 '일어일물 → 일어다물'의 공식선상에서 그 무궁한 비상으로 인한 시적 쾌미는 독자의 몫이다. 소설이 낱말과 글의 줄기찬 흐름이라면, 시는 그것들의 구축構築 내지는 축조築造에 가깝다. 소설이 일물일어의 숨 가쁜 대응에서 촉발되는 사건들의 여실성如實性 즉 핍진성逼眞性에 주로 승부를 건다면, 시는 일물다어一物多語의 풍부한 날갯짓이 여는 지평의 폭에 모든 것을 건다. 시란 말수는 최대한 줄이되 파장은 최대한 크게 펼쳐내는 파급력을 겨냥한다. (다행히도 평론은 그러한 언어적 인색의 엄중한 규제에서 비교적 자유로운 편이기에 여간 숨통이 트이는 게 아니다.)

이러한 시적 고행의 은거 속에서 정진을 거듭해온 강태구 선생은 2004년부터 문단활동을 시작하여 2010년에 첫 시집 『허공을 긁어오다』를 상재한 바 있다. 전북대

학교 교육학석사인 그의 이력을 굳이 거론하지 않더라도, 그의 선비적 품덕品德은 단순한 듯 단순치 않은 그의 시편들에서 잘 드러난다.

> **마음**을 갈아
> > **흙**으로 빚은
> > > **소리**의 날개여
> > > > ―「오카리나」(제4부) 전문[3]

'(관념) 마음 → (물상) 흙 → (감각) 소리'로 비상하는 위 소품의 간결미에서 볼 수 있듯이, 선생의 시 세계는 서정미학의 순수한 빙하 속에 착근하고 있다. 특히 그는 불변의 과거에 형성된 자아의 양태樣態를 끊임없이 반추하면서, 동시에 가변적 현재에 처한 자신의 위상을 끈덕지게 관측한다. 전자의 과거태過去態는 주로 이상적인 망향과 회억으로 묘출되며, 후자의 현재태現在態는 주로 자신의 현실적 처지에 관한 자조감으로 표출된다.[4] 한 사람의 생에 있어서, 과거와 현재란 쉬이 양립되지 않으면

---

3) 인용시의 굵은 글씨나 사체斜體 및 밑줄 표기는 필자가 편의상 처리한 것임.
4) 문학은 내적·외적 현실의 묘사라고 할 때, 그 '현실'이라는 것이 노상 문제가 된다. 소위 참여적인 현실주의 경향이나, 순수의 미명 하에 은닉한 서정적 표현주의를 포괄하기도 하는 그 말은 자가당착의 위험성을 늘 안고 있기 때문이다. 간결하게, 이 글에서 현실은 '소시민적인 일상 형편'으로 한정 짓고자 한다. 그것이 강태구 시인의 시 세계에 관한 꽤 적절한 묘출어법일 것이다.

서도 공존할 수밖에 없는 양가적 공생관계를 보존한다. 과거란 돌이킬 길 없는 휘광 속에 아련한 지평선의 언저리에서 아른거리기 마련이지만, 현재란 예측불허의 변덕 속에서 치열한 생의 위태로움을 조성하기 때문이다. 지난날은 그만큼 안정적으로 감성을 촉발하고, 오늘날은 그만큼 불안하게 지성을 예민하게 만든다. 이렇게 지울 길 없는 과거태와 돌출하는 현재태의 두 가지 힘이 길항拮抗하는 정황, 즉 동시에 서로 작용하면서 맞버티는 그 상황의 결실이 곧 선생의 시편들인 것이다.

선생이 그간의 침묵을 깨고 내기로 한 이번 시집은 그러한 과거와 현재의 양태들이 형성한 함수관계 선상의 어느 묘한 지점에 신기루처럼 올연兀然하게 둥지를 튼다. 이 모든 추구는 언어의 소멸과 신생을 순회하는 시인으로서의 직무를 전제로 진척된다. 독자들이 그가 은둔해 있던 이 시방詩房의 후미진 구석에서 정겹고 따스한 시선들을 찾아낸다면, 평이한 듯 범상치 않은 그의 시를 뜯어보는 일이 삼복더위를 일순 잊게 해주리라 믿는다.

2.

이 시집의 양대 축은 '과거의 회억回憶'과 '현재의 자아 성찰'이다. 기실, 회고란 장년에 들어 흔히 빠지는 추억담의 양태로서, 삶의 무상감이라는 색조를 띤다. 그것은 과거의 모든 그리운 것들에 대한 향수를 저변에 깔고 있다. '그때 당시의 옛 기억'은 나름대로의 크고 작은 단서들을 어딘가의 '구석텡이'에 은닉해두고 있다가, 아주 하찮은 촉발에도 용수철이 달린 것처럼 불쑥 튕겨 나온다.

다음은 지난날의 '그리운' 이를 감성어린 '그림'으로 '그려낸' 추억의 연가이다.

> 간밤에 **천만 리 강가**를 걸었습니다
> 강물에서 뒤노는 물새들 밀어는
> 그대 향한 그리움이 되었습니다
> 잊으려는 마음은 바람일 뿐
> 소리쳐야 목만 쓰렸습니다
> 눈이라도 멀면 보이지 않으련만
> 귀라도 먹으면 들리지 않으련만
> 눈발은 부질없는 언어로 날릴 뿐
> 속절없이 바람에 흔들리는 **갈대와**
> **마른 풀잎의 뜨거운 숨소리**는
> 밤 새워 짊어질 시간 앞에
> 슬픈 노래가 되었습니다
>
> ─「슬픈 인연」(제1부) 전문

이 시는 '속절없이 바람에 흔들리는 갈대와/ 마른 풀잎'의 서늘한 건조함 속에서 '뜨거운 숨소리'를 열띠게 유도해내는 감수성이 돋보인다. 지난날의 시간은 '밤새워 짊어질' 업보로 평생 지고 가야 하기에, 시인은 '간밤에 천만리 강가를 걸어가는' 야간행군의 수행을 마다치 않는다. '천만리' 길이의 강가는 길고 긴 불면의 심야가 야기하는 불망不忘의 고뇌를 표상하며, 그것은 절절한 공간적 상상력의 산물이다.

'그림', '글[文문]', '그리다[화畵]', '그리[워하]다[모慕]' 등의 낱말들은 그 밑말이 동원同源 관계에 있다. 그 공통기본형 '그리다'는 선사시대 때 동굴벽화를 그릴 때 날카로운 쇠붙이 끝으로 벽면을 긁어 파는 '긁다' 또는 '긋다'의 원초적 동작과 연루된다. 따라서 그림 그리는 행위는 글 쓰는 행위보다 먼저 있었다 하겠다.

『삼국유사三國遺事』「기이紀異」편 제2책 「효조왕대 죽지랑조孝昭王代 竹旨郎條」에 나오는 「모죽지랑가慕竹旨郎歌」는 득오得烏가 죽지랑竹旨郎을 사모하여 지었다는 8구체 향가인데, 그 첫 행이 '去隱春皆林米(간 봄 그리미)'5)이다. 이 '그리미'의 기본형 '그립다'는 동사 '그리다[화畵]'가 '-ㅂ-'을 만나 뜻이 분화되면서 파생된 형용사이며, 여기서 명사 '그리움(그리는 마음이 간절함)'이 전성轉成되어 나왔다. 따라서 '그리움'의 어원적 의미는 '마음에 그림으로 떠오르는 것'이며, '그리다[畵]'는 연모戀慕의 대상을 상상하며 그리워하는 사억思憶의 행위에서 비롯된 것이다.

12세기 초의 『계림유사鷄林類事』6) 313번째 항목에 '화왈

───────────────
5) 일연. 문경현 역주. 『역주 삼국유사』(민속원, 2015), 213쪽.
6) 고려 숙종肅宗(재위: 1095~1105) 때인 1103년, 중국 송宋나라의 서장관書狀官 손목孫穆(생몰연대 미상)이 당시 고려어휘高麗語彙를

걸림畵日乞林’ 즉 ‘화는 기[ㄹ]림[ki-rim]이라 한다’고 나오는데, 이 발음이 15세기 훈민정음 시대를 거쳐 현재까지 거의 그대로 간직되어 왔다. 그림[화畵]과 글[문文]은 ‘긁다’[긁을 소搔, 깎을 괄刮]에서 기원한 동사 ‘그리다’에서 파생되었다. ‘그림’은 ‘그리다’의 어간 ‘그리-’에 명사형 어미 ‘-ㅁ’이 붙은 꼴이며, ‘글’은 어근 ‘그리~글’ 자체로 명사를 이룬 말이다. 『계림유사』 311번째 항목에 ‘독서왈 걸포讀書日乞鋪’ 즉 ‘독서는 길보(즉, 글 보기)라 한다.’고 했거늘, ‘서書’가 ‘길/글’로 표기되어 있어 현대어와 거의 유사하다. ‘그리(글)-’의 어근형 명사인 ‘글’은 그 중세어형이 ‘글발’이다.[7]

요컨대, ‘긁다’에서 비롯된 움직씨 ‘그리다[畵]’에서 ‘그

채록·분류하고 한자음을 이용한 표기를 시도하여, 12세기 초 (c. 1103~1104)에 편찬한 일종의 견문록이자 대역어휘집對譯語彙集. 총 3권의 원본은 현전하지 않고 후대의 필사본 일부가 중국의 『설부說郛』(14세기경) 및 『[흠정]고금도서집성[欽定]古今圖書集成』(1725) 등에 전한다. 이 책은 총 355개의 고려어 어휘가 어순에 따라 중국어-한자로 음사音寫, 배열되어 있어서, 당대의 고려어 양상을 살펴볼 수 있는 귀중한 자료이며, 이를 올바로 해독하려면 송나라의 개봉음開封音을 중심으로 성운학聲韻學을 깊이 연구해야 한다.

7) ‘빗발, 햇발, 서릿발’ 등의 ‘발’[각脚, 렴簾, 비臂]과 동근어同根語인 접미사 ‘-발’이 결합하여 ‘글발’ 즉 ‘글월’이 되었다. (글+발→글발〉글왈〉글월) ‘글월’은 글이나 편지 또는 때때로 문장을 일컫기도 한다. 일각에서는, 계契의 발음이 ‘결〉걸〉글’로 변화한 것을 들어, ‘글’이 한자어의 차용일 가능성이 있다고 보기도 한다. 글의 생김새를 뜻하는 ‘글씨’는 ‘글[契]+쓰[다]+이’로, ‘[그림을] 그리다’는 ‘글[契]+이(사동접사)+다’의 구조로 풀이하기도 하는 것이다.

림'과 '글'이 갈래져 분화分化되고, 또 그림씨 '그립다'로
발전하면서 이름씨 '그리움'이 나온 것이므로, '그리움'에
서 '글'에 이르기까지, 그 낱말들의 동일어원은 '그리다'
이다.[8] 어떤 바라는 대상을 종이에 끄적거리거나 그리면
글이나 그림이 되고, 마음에 그리면 그리움이 된다고들
하지 않은가. 그림을 그릴만큼이나 '그립다'는 말이니,
그림을 보면 그리움의 참된 의미가 도출되며, 이 점은
'심상image'(프랑스어: **이마쥬**[9])의 의미에 관한 단초를 제
공한다. 즉 심상이란 일종의 그림으로서, 사랑하는 대상
이 눈앞에 부재할 때, 마음 둘 길 없는 그리움이 그려 낸
그림인 것이다.

사무치는 그리움이 절절한 또 다른 시편은 「편지」이다.

너와 나를 종이접기하다/
네 모습 둘을 접어/
이도 저도 **내려놓지 못한** 마음/
바람에 던져놓고/
점 하나 될 때까지/
안개비 맞고/
우두커니 된 나는/
끝내 밀봉하지 못한/
빈 봉투/

---

8)백문식. 『우리말 어원 사전』(도서출판 박이정, 2014), 76~79쪽.
9) 외래어 표기상의 굵은 글씨는 강세의 위치를 가리키고자 한다.

물 족제비다

—「편지」(제2부) 전문

'너'에 대한 편지를 '종이접기'하여 바람에 던져 날리는 슬픔은 안개비를 맞으며 점 하나로 멀리 사라질 때까지 우두커니 바라보고 서 있는 자아의 모습으로 그 깊이를 더한다. 즉 화자는 스스로를 '끝내 밀봉하지 못한/ 빈 봉투/ 물 족제비'로 규명하는 자아인식의 공소空疏함에서 그 처연함이 진하게 전이된다.

그리운 회억의 전형적인 대상은 유년시절의 고향이다. 이 테마는 부모나 유년시절의 일화 등 일반적인 추억소追憶素를 그 질료로 삼는다. 원래 '향수鄕愁'(그리스어: nostalg)라는 말은 '[고향으로의] 귀환(노스토스, nostos)을 위해 겪는 고통(알그(오스), alg(os))'을 의미한다. 이 낱말들이 합성되어 프랑스어 '노스딸지에nostalgie'라는 말이 나왔고, 그 말이 영어에 혼입되어 '노스탤지어nostalgia'로 굳어졌다. 그런데 이 영어는 일상에서 그다지 잘 쓰이지 않는다. 오히려 '향수'를 뜻하는 영어로 '홈시크니스homesickness' 즉 직역하면 '사향병思鄕病'이라는 말이 훨씬 더 보편적으로 애용된다. 여하튼, '향수'에는 얼마나 큰 힘이 내재되어 있는가. 아름다운 기억이 피워 올리는 훈향薰香의 힘은 현대 도회지의 삶이 팍팍해지면 질수록 더 큰 염력을 발휘한다. 불확실한 시대의 급변하는 가치와 조급성은 시적 내공의 기운이 아니고서는 버

텨내기가 용이치 않은 것이다.

    웃음이 <u>없다</u>
    울음도 <u>없다</u>

    어둠을 가르는 개 짖는 **소리**
    산허리 돌아
    희미한 **메아리**뿐

    술잔에 젖은 **외침도**
    <u>그 무엇</u>
    <u>아무것도 없다</u>

    그믐달 기우는 뒷동산 백일홍
    팔 벌린 채 졸고
    질질 끓는 가래 **기침 소리**
    개울물 소리에 묻혀

    어스름 달빛마저 <u>끊긴</u>
    <u>유령 같은 적막</u>을 가르며
    저기 또 하나 떨어지는
    고향의 별

                —「고향의 밤」(제2부) 전문

    여기서 고향은 '웃음도 울음도 아무것도 없다'고 천명
하지만, 기실 어둠과 소음으로 가득 차있다. 흔히 감미로운 추억으로 미화되기 마련인 고향마을은 모든 것을 상실한 채 '어스름 달빛마저 끊긴/ 유령 같은 적막' 속에 처해 있다. 이 암울함은 '어둠을 가르는 개 짖는 소리', '질질 끓는 가래 기침소리' 등의 잡음으로 강화된다. 소음과 '적막'의 이율배반적 공존, 즉 그 의도적인 자가당착은 고향의 절망적인 현황을 적시한다. 과거의 모든 아름다운 것들이 사라져 없어진 고향의 피폐성은 곧 그리운 유년의 상실에 더하여 한 생애의 기반이 박탈되었음을 의미한다. 따라서 이 시는 소음과 적막의 모순어법으로써 공허한 상실감을 고조시키고 있는 것이다.

누구에게나 지난날은 필멸의 존재로 설치다가 마냥 사라져 가는 법이 없다. 우리 소시민들로 하여금 현재의 영욕을 감내하게 하는 불멸의 과거가 생기를 내뿜으며, 우리를 자신의 숭고한 법정으로 소환하고 재소환하며 호출하고 재호출하고 있는 것이다. 간혹 망각의 무저갱 속으로 우리의 일부를 매몰시키기도 하면서, 추억은 그 장밋빛 훈향을 더해간다. 그 빛깔의 위험한 감상적 유혹을 모르는 바 아닌데도, 자꾸 우리는 저항할 길 없이 그 유혹에 말려들고 싶은 유혹을 느낀다. 우리는 유혹 이외의 것이라면 그 어떤 것도 다 저항해낼 수 있는 것이다. 인구의 노령화를 굳이 재론하지 않더라도, 누군가 말했듯이, 현대는 살아갈 시간을 자꾸 줄어들고 살아온 시간은 늘어나는 사람들의 시대인 것이다. 그리하여 강태구의 시편들은, 색이 바랜 아날로그 사진 필름처럼, 지나

치게 선명한 현재적現在的 해상도의 조도照度를 좀 낮춰줄
수 있는 특수 렌즈를 갈구하고 있으므로, 독자들은 그
렌즈를 시에서 발견할 수 있다. 흔히 말하듯이, 진정한
향수는 우리에게 과거에만 머물러 있으라거나 또는 현
재의 도전을 기피하고 그에 대해 몸을 사리거나 숨기라
고 말하지 않는다.

　지난날의 회오悔悟와 관련하여, 우리는 시간적 동일시
의 착각에 빠져서는 안 된다. 다 아는 말로,『맹자孟子』제
4부「공손추公孫丑 장구章句 하下」제13장 2절에서, "차일시
此一時며, 피일시彼一時니라", 즉 '그때는 그때이고 지금은
지금이다'라고 하지 않았던가. 그때의 일과 지금의 일은
시간과 정황이 다르며, 각 경우에 맞게 행한 일이기에
모순이 아닐 수도 있다.[10] 힘들어도, 인생살이이든 문필
작업이든 과거를 발돋움 판 삼아 현재를 구축하고 새로
운 진취적 미래를 지향할 때, 저 지평선의 광활한 영지
가 한눈 한 손에 잡히는 것이다.

3.

　지난날의 회억을 한 축으로 삼은 이 시집의 저편에는

---

10) 여기서 '시時'는 시간적인 때가 아니라 상황이나 경우를 뜻한다.
　　옆집에 불이 났는데 밥 먹고 있으면 '지금이 밥 먹을 때냐?'라
　　고 말하는데, 이는 '지금이 밥 먹을 상황이냐?'는 취지이다.

현 처지에 관한 자조적인 자아인식이 튼실한 축으로 버티고 서 있다.

처음 강태구 시인의 원고 뭉치를 받아들었을 때, 이미 다른 글 작업으로 혹사당한 내 안구眼球는 그의 시편들을 일별하다가 어마지두 「마음의 꼬리」라는 작품에 일순 번쩍 뜨였다. 이튿날 새벽, 정독하는 내 눈길이 자꾸 그 작품 쪽으로만 향했다. 중국 속담에 '쥬이판산擧一反三' 즉 '하나 보고 열을 안다'라 했지 않은가. '효신曉晨(날이 밝을 무렵)의 시 읽기'가 주는 낙樂이란 바로 그런 것 아니랴.

새벽 잠버릇에 하루가 길다
용건에 맞게 미리 물건을 챙기지 못한 날
손발에 고양이 한 마리 붙어살아도
늘 치매기가 발동하여
큰 눈으로 어둠을 쓸지만
그만 소리의 발을 밟고 만다

매섭게 추운 날 미화원의 날카로운
비질 소리 같은 시간쯤 만나지만,
먼저 건넨 인사말 아직 되돌아오지 않아
듣지 못해 그러려니 하고 다시 건네도
들리는 토막말 아직 없다

그냥 지나친 일상이 부끄러워
가슴이 찔렸을 거라는 속 좁은 내 생각

경인년 동짓날 가로등 밑
애써 되돌리고픈 **마음의 꼬리**
바람이 헤적여 낙엽처럼 날린다
　　　　　　　—「마음의 꼬리」(제1부) 전문

　굵은 표기 부분의 감각적 비유가 돋보이지만, 독자의
흥미를 더욱 끄는 것은 현대시학의 주요 특징 중 하나라
할 수 있는 미묘한 심리묘사일 것이다. 특히 시에서 일
상의 섬세한 심리를 담담한 이지력으로 토로하기란 썩
용이한 일이 아니다.
　장년에 이른 소시민이란 사소한 일에도 예민하게 반응
하기 마련인데, 시방 시적 화자는 새벽녘 인사에 대꾸가
없는 청소부에게 촉각을 곤두세우고 있다. 그는 서운한
제 '마음의 꼬리'를 의식하고 있는 것이다. 이 시의 장점
은 심리의 절제된 진술력이며, 담담한 듯 풀어나가는 그
이지력은 더 큰 미덕인 정직성의 소산이다. 모름지기 진
솔함이란 가식이 없는 겸손의 표출로서, 시인이 갖추어
야 할 가장 큰 덕목이다. 호가호위하는 위선적 속물근성
이 즐비한 세상에서, 절묘한 일상심리의 한 자락을 짐짓
느긋하게 도출해내는 자아성찰의 힘은 곧 인격이다. 그
의 첫 시집에 실린 시「방정식 풀기」 같은 데서 이미 선
보인 시인의 이지적 통어력은 필시 체질적이다. 그만큼
이 작품은 거의 매일 아침 반복되는 일상에 대한 회의가

은근히 배어있어서, 현대 소시민의 사소한 일상심리가 미묘하게 그려지고 있는 것이다.

그 반복적인 일상은 현대도회인에게 곧잘 무료의 절망 감을 선사한다.

똥개의 하루는 마음대로다
골목길 누비며 꼬리를 세워 호기 부리나
절절히 자유를 구걸하지 않아 굴레가 없다
……(중략)……
세상의 누가 이보다 더 자유로울까
……(중략)……
제 할 일 헤쳐 가는 한량 같은 일상

—「분견糞犬」(제1부)에서

'똥개'가 누리는 제 멋대로의 삶이란 자유의 구가일지 도 모른다. 그러나 이 시의 특징은 바탕에 깔린 자조적 인 분위기이다. 즉 시인은 '시방 한량 같은 일상'에 젖어 제멋대로 살아가는 똥개를 빌어서, 시인 자신의 일상적 무료와 도로를 견인해낸다. 건달 같은 똥개도 그 나름의 '오륜'이 있듯이, 퇴직 이후 매일 빈둥거리는 듯한 시인 자신에게도 나름의 좌표가 있음을 시사한다. '한량' 같지 만 무뢰배 '한량'은 아니라고 역설함으로써, 삶의 쳇바퀴 에서 벗어나고자 하는 자기견책이 묻어난다.

이 시집에서, 시인은 주변의 여러 가지 사물들을 통해

서 현존재의 양태를 빗대어 들여다보곤 하는데, 가령 「금붕어 요양원」에서 시인은 어항 속 고적한 금붕어를 통해 자아가 처한 현재의 처지를 투영해내기도 한다.

이러한 자아의 현실적 처지에 관한 통찰은 제3자의 시선을 통해서도 반영된다.

> 순대국밥에 한 잔 술 걸치고
> 이쑤시개질 할 때
> 책가방 멘
> 일 학년 또래 녀석
> 지나다 발걸음 멈추고
> 멀뚱멀뚱 쳐다보더니
> "맛있어요!?" 일갈하고
> 입맛 다시며 이죽거린다
>
> ── 「야지랑 떨다」(제3부) 전문

든든한 점심에 낮술을 곁들여 기분이 거나한 화자를 향해, 일 학년짜리 꼬마가 '그렇게나 맛있었느냐'고 이죽 거리는 상황을 제3자적 관찰자 시점으로 묘사하는데, 이 일을 당한 화자의 반응은 짐짓 생략되어 있다. 꼬마의 이죽거림을 보고 화자는 어이없었을 터이지만, 그 과감한 생략 처리는 화자가 느낀 자괴감의 강도를 더한다. '야지랑 떨다'는 '얄밉도록 능청맞으면서도 천연스러운 짓을 하다'는 뜻인데, 문제는 그 주어가 누구인가이다. '시인' 자신일성 싶은 화자일까, 아니면 '초딩' 꼬마일까.

그 애매성은 다층적 해석을 낳는다. 대낮부터 '야지랑을 떠는 어른'에 대한 어린이의 비꼼이라면, 자아의 몰골에 대한 자조적 풍자가 여실하다. 생면부지의 시건방진 꼬마가 야지랑 떠는 것이라면, 말문마저 막힌 화자의 기막혀하는 표정이 독자의 눈에 선히 잡힌다. 그 두 가지 경우 다 자아성찰적인 자조감이 동심원을 그린다. '오래 써서 끝이 닳아 떨어진 물건'을 뜻하는 '모지랑이'를 속어로 '야지랑 숟갈'이라고 한다는 점을 감안하면, 위 시는 꼬마의 힐책을 통해서 '모지랑 사내'가 다 된 자아의 형편을 향한 자괴감을 피력하는 내용일 수도 있다. 어쨌거나, 이 작품에 투사된 시인의 이면체면裏面體面은 자조적 풍자로 초점을 맞춘다.

이러한 자아성찰에는 세태풍속에 관한 관심이 증폭되어 담겨 있다.

> 일행이 상갓집에서 고스톱을 하는데
> 그 중 하나가 "성! 고스톱 하듯 시 쓰면
> 멋있을 것 같다"며 즉흥으로 읊어보라는 듯
> 비 열끗을 내게 던진다
> —「흔들리는 말」(제1부) 제1연

시인은 시방 '열 끗'을 받을 수도 안 받을 수도 없는 난처한 상황에 처해 있다. 잘 되면 다 딸 수도 있지만 자칫하면 다 잃을 수도 있는 것이다. '모 아니면 도'라는 이

절체절명의 입장은 인간 세속계世俗界의 불안정성을 반영한다. '모든 것은 한순간, 남는 건 빈 깡통'이 될 수 있는 요즘 세태의 풍속도라 하겠다.

기실, 자아성찰은 인간관계에 있어서 외면할 수 없는 요소이기도 하다.

우리 서로 입이 메말랐어
마주하다 침 튀겨 입 냄새 풍겨도
부끄러운 줄 모르거든
그렇다고 얼굴을 찡그리지는 말자
그럴 수도 있으니
선을 긋고 지우며
돌 던지기에 익숙한 우리
고개를 돌리고 코를 틀어막진 말고
할 말 있으면 언제든지 던져보자
참고 되뇌다 보면
서로 이야기 끝날 때까지
단 한 번만이라도 되돌아가고 싶은 날 있을 테니
어둠 속 입술에 침 바르지 말고
네 두 눈, 내 눈 속 깊이 걸어놓은 채
흔들림 없이 말을 걸어보자고
너 거기서 달나라에 가고
나 여기에 동심원을 그리며
서로 흔들지 말자고

— 「익숙한 약속」(제4부) 전문

'~어'의 어미로 끝나는 친밀한 대화체의 어법인, 이 작품은 대화의 상대를 전제로 하면서도 실제로는 독백체의 양상을 띤다. [경계]선을 긋고 서로 돌 던지기에 익숙한 분쟁과 다툼의 시대에 화해와 수용의 미덕을 강조한 작품으로, 일종의 인생살이의 지침에 대한 지긋한 훈계가 담겨 있다. 다투는 상대에게 던지는 말이라기보다는, 나지막한 어조의 읊조림이 완연한 자기 다짐의 기색을 띤다는 데 그 특징이 있다. 즉, 이 시는 상대에 대한 권고가 아니라 자신에 대한 독백적 '단도리'(단속)인 셈이다.

시인은 언쟁을 '침 튀기고 입 냄새가 풍기는 불결한 행동'으로 규정한다. 그 일은 서로를 '어둠' 즉 몰이해 속에 처넣는 일이다. 이 작품의 핵심어 중 하나는 '부끄러움'이다. 우리 주변에 염치도 없이 뻔뻔한 언동을 일삼는 속물들이 얼마나 많은가. 이 시는 사람이 서로가 '부끄러움을 알고 참자'는 것이다. 단지 그러한 권유가 늘 '익숙한 약속' 그 자체로만 그치고 마는 게 아닐까 하는 우려를 덜 길 없다. 이 '익숙한'이라는 어휘 속에서, 늘 잘 해보자는 약속을 빈번하게 남발해야 하는 정황을 풍자하는 것인지도 모른다. 그것은 동일한 약속을 끊임없이 되풀이하는 일이란 결국 매양 지켜지지 않는 말과 다짐뿐인 공염불임을 암시하기 때문이다.

세태적 관심사와 관련하여, 「기적」(제1부)은 이 시집의 유일한 산문시로서, 1연에 신문기사 한 토막을 그대로

게재한 다음, 다음 2연에 그에 대한 소회를 밝힌 특이한 구성미를 갖춘다. 1연은 인명의 소중함에 대한 인간의 필사적인 노력을 건조체로 잘 옮겨 담았다. 그와 현격히 대조되는 2연은 수백 명의 어린 인명들을 목전에서 몰살시킨 국가의 방치를 절통한 정서로 신랄하게 고발한다. 독자에게 전이된 울분과 분노의 여운 속에서 시인이 노리는 바는 진정한 '기적'이란 인간 노력의 산물이라는 것이다. 하물며 아무 노력도 기울이지 않은 채 기적과 요행을 노리는 사행심이야말로 위정자의 처절한 악덕이 아니고 무엇이랴. 또한, 다른 시 「혼잣말의 초상」은 길거리에서 큰소리로 혼잣말을 내뱉는 어느 한 사람의 언행을 통해서, '고장 난 메아리들'이 세상에 꽉 차있다고 진단한다. 그러한 무의미한 독백의 만연은 소통부재의 '고독한 군중 속 일개인'이라는 처참한 현대사회의 한 면을 날카롭게 지적한다.

이처럼, 선생의 이번 시집은 현대 도회인의 반복적 일상으로 인한 무료와 도로 및 그에 관한 자조적인 자아성찰 등으로 특징짓는다. 그런데 그 경향이 회의적인 인생관이나 비탄적인 염세로 매몰되지 않는다는데 희망이 돋보인다. 시인의 현실인식은 생명의지의 휴머니즘으로 온기를 드러내는 것이다.

상강 아침 해 뜰 무렵
병동 옥상

직각의 벽들 사이를 몇 바퀴 돌다 미끄러져 떨어진
미동의 꿀벌 한 마리

건성이었으면 밟아 죽였을
내 눈, 얼마나 다행인가

<u>두 손 가득</u>
<u>기적 같은 느낌으로</u>
유리창을 빼꼼 열어주자

뒤돌아보지 않고 날아가는
저 하늘의 점 하나
참, 맑다

—「소실점」(제1부) 전문

거대한 병동(아마 '말기 환자들의 암병동'이라면 상황은 더 극적이다) 속 미미한 꿀벌 한 마리에 대한 따스한 애정의 손길은 곧 생명의 투쟁에 대한 시인의 깊은 연민의 소산이다. 이 시는 '소실'이라는 제목이 풍기는 '소진과 소멸의 심상'이 꿀벌의 생존으로 인하여 '신생의 심상'으로 반전되는 힘을 전시한다. 죽어가는 생명의 회생에 일조했다는 시인의 생명 찬가가 이 소품의 매력을 출중하게 되살려낸다.

4.

강태구 시인의 언어들은 대체로 꽤 안정되어 있다. 기
표記表, signifiant와 기의記意, signifié의 시니피카시옹
signification(의미작용)이 지닌 안정성은 시인의 시적 사고
나 세계관과 인생관이 보수적임을 시사한다. 말의 용도
상 그 쓰임새가 안정적이어서, '일물일어'가 착실히 부합
되는 속성은 기존 사회의 안정도에 필수적이기에, 그만
큼 시인이 속한 가정과 사회의 질서가 안정적인 구조를
이루고 있다는 뜻도 된다. 그런데 그리 달갑지 않게도,
시란 본질상 기표와 기의가 반동적으로 상충되고 파격
적이며, 그러한 현상이 곧 시어의 상투성과 진부성을 탈
피하는 첩경이다. 따라서 시의 보수성은 문학성의 앙양
에 어지간한 저해가 되는 게 아니다. 어떤 시적 대상을
곰곰이 사고한 생각 자체는 머릿속 관념에 불과하다. 시
업詩業에 있어서는, 그 추상적인 관념을 감각적인 물질의
언어로 표방하는 연금술적인 변형과정이 요망된다. 즉
대상 → 추상적 관념 → 물질적 언어의 삼각관계에 있어
서, 과중한 고심 속에서도 시인이 잊지 말아야 할 것은
시적 심상들이 각자 제 나름의 물질을 가진다는 프랑스
의 철학자 **가스통 바슐라르**(Gaston Bachelard, 1884~
1962)의 천명이다.

그 방황의 질서정연한 성찰적 산물이 곧 강태구 시인
의 시편들이다. 기실, 그가 고심 끝에 조성한 형식은 꽤

나 다양하다. 특히 거의 매 시편마다 어미 처리가 다양하다. 가령 「날개」(제1부)나 「눈물 같은 눈물」(제3부) 등은 '[A는] B이다' 식의 은유로 시종한다. 이 작품들의 모든 시행은 주부가 생략된 채 술부述部인 'B이다'만 나와 있다. 그 주부主部인 'A'는 다름 아닌 제목이다. 따라서 매 행마다 그 앞에 제목을 갖다 붙이면 술술 읽힌다. 예컨대, 「날개」에서, 첫 행 '네게 가는 길이다'의 주어는 제목인 '날개'이다. 따라서 제목을 주어로 삼아 '[날개는] 네게 가는 길이다'라고 행을 읽으면 된다. 계속 그런 식으로 읽어나가다 보면 독자는 마침내 날개는 '너'에게로 가는 길이자 희망이며 약속이고 그리움이며 노래'임을 깨닫게 된다. 이렇게 형성된 시적 은유는 끝 행에 이르러 '[날개는] 끝없는 삶'이며 '힘찬 비상이다'라는 귀결에 당도하기에 이른다. 단지 전자의 작품이 훨씬 더 자조적이며 후자는 더 진취적이다. 또한, 다른 작품 「휴전선의 봄」(3부)은 얼핏 진부한 소재 같지만, 그 형식미의 기지機智로 인해 인위적인 국경에 아랑곳 않는 철새의 형상을 통하여 신생의 봄과 일체감을 형성함으로써, 일통一統을 향한 민족적 염원을 잘 대변하고 있다. 흥미로운 형태미의 실험적 작품으로 그 번득이는 재치가 돋보인다.

이번 시집에서 강태구 시인은 불변의 과거에 굳게 형성된 자아를 끊임없이 반추하면서, 동시에 자아의 가변적인 현재를 추적한다. 앞의 과거태過去態는 주로 그리움과 회한의 이중적 정서로 점철되며, 후자의 현재태現在態

는 주로 당대에 처한 현대 도회인의 소외와 자괴감을 곁들이며 세태적 관심을 방기하지 않는다. 불변의 과거태와 예측불허의 현재태라는 두 가지 기세가 상호 길항拮抗하면서 재생산해내는 그 시편들의 결마다 함초롬히 배어나는 것은 시인의 정직한 욕망이다. 그 올바른 욕망은 항시 저 너머를 지향하고 있다. 근원 악이 될 수 있는 고답적인 현실도피나 추억 위주의 우수 등 상투적인 침잠 구도의 자위적 욕망이 아니라, 목전의 두꺼운 한계를 돌파하고 현재의 분열과 모순을 직시하면서 앞발을 내딛는 심적 운동의 자유로운 항상성恒常性이라면 더욱 바람직한 것이다. 그렇지만, 미래를 과거로 더럽힘으로써 생명의 자연스러운 율동을 응고시키는 마비적 욕망은 자칫 위험하다. 진정한 욕망은 현실적 자아에 관한 냉철하고도 뜨거운, 곧 '냉정과 열정'(『개구리』(제2부))을 보이는 장인匠人에게만 부여되는 은사라 할 수 있기 때문이다.[11]

흔히들 영감이라고 일컫는 시적 착상의 충격을 시발로 하여, 강태구 시인은 사물을 향한 언어적 표현법에 골몰한다. 시인이, 자신의 삶에서, 잔잔한 수면에 살그머니 이는 파문의 흔적 또는 낚시의 찌에 실려 전해오는 물고기의 미세한 움직임을 놓치지 않는 까닭은 그 미동이 어떠한 너울파도로 파급될지 모르기 때문이다. 섬세한 첨예의 정신이 촉발하는 청신함이란 물리치기 어려운 쾌

---

11) 김인환, 『상상력과 원근법』(문학과지성사, 1993), 252~253쪽.

감이다. **미메티즘**mimetism(모조품 또는 흉내)이 횡행하는 황사의 세계에서 금가루인지 흙모래인지 알지 못할 뒷골목을 벗어나 나만의 광활한 광야로 전진해 나가는 일은 얼마나 힘겨우면서도 또 얼마나 아름다운 과업인가. 오랜 저작의 노고 끝에서 마침내 이룩하는 정신적 미학의 고지高地에 발을 디디는 일은 인면忍勉과 연찬硏鑽의 피말리는 고행 없이는 불가능하다. 그 결과 쾌적한 순화의 경지에 이를 수만 있다면 시인이 마다할 게 뭐 있으랴.